JACQUES DEBOUT

LES MORTS FÉCONDES

Grand Prix de Poésie 1919 de l'Académie française

Préface de M. MAURICE BARRÈS de l'Académie française

ODE A NOTRE-DAME
DE LA MARNE

PARIS
Édition des *Cahiers Catholiques*
3, rue de Mézières

MAMERS
Imprimerie Gabriel Énault
28, place de la République

1920

Les Cahiers Catholiques

Contribuer à réaliser cette parole du Maître, c'est tout le programme des *Cahiers Catholiques*.

Le Catholicisme est la plus haute expression de la vie religieuse, intellectuelle sociale, artistique. — Mais il faut que les Catholiques *vivent leur foi* pour la rendre vivante dans le monde. — Afin de rappeler ce *devoir* et de concrétiser cette affirmation, les *Cahiers Catholiques* publieront dans chaque numéro :

Un commentaire du « *Credo* » où seront lumineusement exposés, en une belle langue et d'après l'*Evangile*, les affinités du *dogme* et des *aspirations* les plus noblement comme les plus *vraiment humaines*.

Fréquemment une vie de Saint, *envisagée de ce point de vue* et racontée avec intérêt, viendra enluminer ces constatations.

Diverses études et des chroniques, du mouvement religieux, du mouvement des idées, du mouvement social, des analyses de livres et revues importantes signaleront tous les symptômes de vitalité religieuse dans l'Eglise et autour d'elle, chez les croyants et chez tous ceux qui se préoccupent de vie spirituelle. Nous le ferons avec la plus scrupuleuse orthodoxie et avec la *compréhension la plus généreuse*, en *dehors et au-dessus de toute politique militante*.

Certains croyants ne sont pas assez chrétiens et certains autres ne sont pas assez catholiques. Voilà pourquoi, dans chaque numéro, une *brève méditation* adressée aux jeunes de ce temps les ramènera aux *sources* intérieures et extérieures de la Foi et de l'Action.

Sous la forme humoristique d'une silhouette ou d'un court récit on évoquera vigoureusement les *déformations* de l'Esprit chrétien et les habitudes *d'omission* qui *nous minimisent* et *déprécient notre doctrine*.

Des propos sur l'apostolat, la liturgie, l'art religieux, le chant d'église continueront à donner aux nôtres l'esprit de conquête, le sens du vrai, le goût du beau, l'horreur de l'égoïsme, de l'emphase, de la niaiserie qui sont le scandale des intelligents.

Les *crises morales* de l'heure, des problèmes de l'éducation, de la pédagogie, des vertus humaines et sociales seront posés et discutés avec un accent à la fois *chrétien* et *moderne* qui en soulignera la poignante actualité.

Enfin pour donner aux *Cahiers* une allure vive et un caractère alerte qui fassent mieux apprécier leur haute tenue littéraire, des enquêtes, des interviews, des notes sur les œuvres, de la poésie enfin viendront compléter leur physionomie. — C'est ainsi que nous nous ferons une joie de publier les délicieux petits poèmes de guerre, encore inédits de Jacques Debout.

Tel est le programme *très net* et *très varié* dans sa *parfaite unité* que nous entendons suivre. — Encouragés par les plus hautes approbations, par des collaborations éminentes et par un succès concluant, nous voulons faire de notre revue l'une des plus vivantes, des plus complètes sous son bref aspect et surtout des plus accessibles par le ton et par le prix.

Avec les *Cahiers*, vous aurez en main l'un des meilleurs instruments d'apostolat pour atteindre les âmes de ce temps, surtout les jeunes ; vous pourrez ainsi leur inspirer :

la fierté d'être catholiques ou le désir de le devenir.

ABONNEMENTS : Un an, France, **15 fr.** — Six mois, France, **8 fr.**
Etranger, **16 fr.**   Etranger, **9 fr.**

BUREAUX : 3, RUE DE MÉZIÈRES — PARIS (6e)

TÉLÉPHONE FLEURUS 20-25

LES MORTS FÉCONDES

ODE A NOTRE - DAME

DE LA MARNE

JACQUES DEBOUT

LES MORTS FÉCONDES

Grand Prix de Poésie 1919 de l'Académie française
Préface de M. MAURICE BARRÈS de l'Académie française

ODE A NOTRE-DAME
DE LA MARNE

<table>
<tr><td align="center">PARIS
Édition des Cahiers Catholiques
3, rue de Mézières</td><td align="center">MAMERS
Imprimerie Gabriel ENAULT
28, place de la République</td></tr>
</table>

1920

PRÉFACE

M. Jacques Debout, étant infirmier militaire, un jour
de l'année 1918, lut dans un journal que l'Académie française proposait comme thème de son concours de poésie
" *Les Morts Fécondes* ". La nuit, comme il était de garde
au milieu des blessés, ce grand sujet s'imposa à son esprit
et un poème se forma, celui-là même qu'on va lire. La
circonstance ajoute à la beauté de ces grands vers tragi-
ques.

M. l'abbé Debout a été jadis professeur d'histoire à
Meaux. Par la suite, il a fondé une université populaire
à Paris dans le quartier du Marais. MM. Doumic, Fonse-
grive et Chénon y prirent plusieurs fois la parole. Il paraît
que les anarchistes y fréquentaient volontiers et entre-
tenaient avec les organisateurs des rapports courtois.
M. l'abbé Debout, préoccupé de créer un " théâtre
chrétien ", a composé deux mystères : *Noël* et *La Misé-
ricorde*, et puis *Les Voix de Jeanne d'Arc*, qu'il fait jouer

par des garçons et des jeunes filles des milieux populaires. Il me dit qu'il a vu surgir ainsi des talents charmants. Ajoutons enfin que M. Jacques Debout dirige une revue religieuse *Les Cahiers Catholiques*, consacrés à l'hagiographie, à l'apologétique, aux questions littéraires et patriotiques.

Comment ne pas aimer un indépendant, un solitaire de cette sorte, qui s'efforce tout naturellement d'enrichir des vies autour de lui et qui se développe en vue de fins supérieures, librement, sans se plier sur des modèles connus. En lisant " *Les Morts Fécondes* ", en apprenant ce qu'est l'auteur, on applaudira deux fois le vote de l'Académie.

MAURICE BARRÈS.

LES MORTS FÉCONDES

PAR

M. JACQUES DEBOUT

Heureux ceux qui sont morts dans les grandes batailles.
Charles PÉGUY.

I

Donc, Novembre est élu pour l'Heure triomphale :
Son azur pâlissant, où frissonnent les ors,
Epand sur la Victoire une paix automnale...
Est-ce que les Vainqueurs seraient surtout les Morts ?

Pendant que nos soldats s'avancent vers les Villes
En un rythme endiablé de pas, de voix, d'airain,
Quand des peuples cruels, redevenus serviles,
Regardent nos chevaux s'abreuvant dans le Rhin,

Moi, j'entends défiler en des rumeurs de cloche
Les Morts de la cité, du village et du bourg ;
Une cavalerie invisible s'approche...
Et les Morts, les premiers, vont entrer dans Strasbourg !

Oui, les Morts !... tous nos Morts ! Ils couvrent des lieues ;
Ils se touchent au point de n'être plus qu'un seul,
Et je les vois bouger dans leurs capotes bleues,
Comme si l'horizon secouait leur linceul !

O vous ! dont le nom d'or s'inscrira sur le marbre,
Et vous, frères obscurs, qui, sur vos tertres nus,
N'avez qu'une Croix faite avec deux branches d'arbre,
O vous, Morts glorieux, et vous, Morts inconnus !

Pauvres corps entassés dans la fosse commune,
Et vous, membres épars qu'on n'a point enterrés,
Vous qui n'avez pas même un peu de terre brune,
Pour vous couvrir, Morts pour la terre ! ô Morts sacrés !

Tués dans le combat, la *Marseillaise* aux lèvres,
Au repos, en lisant des lettres de là-bas,
Par une balle, par les gaz ou par les fièvres,
O Morts pour mon Pays ! je ne distingue pas.

Je ne distingue pas dans la foule anonyme :
Les fermiers endormis au bord de la moisson,
Les poètes tombés en cherchant une rime,
Les amoureux partis sans finir leur chanson.

Non ! non ! Mais au delà des ténèbres profondes,
Dans le secret où Dieu les voulut réunir,
Je leur demande à tous, si leurs morts sont fécondes,
Et si ce grand passé n'est pas un avenir.

II

Quoi ! l'inerte froment qu'on jette dans la terre
Pourrit pour devenir le plus pur aliment,
Et nos Morts, prisonniers du stérile Mystère,
Nos Morts ne seraient pas un immortel froment !

Quoi ! de pauvres pastours ont leur étoile à suivre,
La plus humble existence a sa fécondité,
Et mourir serait vain quand il est bon de vivre !
Et le temps pèserait plus que l'éternité !

... Alors, il ne faut pas succomber avant l'âge,
Avant de s'amuser, avant de s'enrichir,
Un peu de lâcheté ne messied pas au sage,
On n'est plus un héros dès qu'on sait réfléchir.

Quitter ses champs, ses bois, ses enfants et sa femme,
Changer pour un gourbi la salle du manoir,
Être prêt à jeter sa cendre sur sa flamme,
A laisser pour jamais sa fiancée en noir !

N'est-ce pas un non-sens qu'un pareil sacrifice ?
Si la Douleur n'a pas pour but l'enfantement,
Si la Gloire n'est rien qu'un pompeux artifice,
Et si la Mort n'est pas un recommencement.

Lorsque la soif, la peur et les autres tortures
Hantaient votre agonie, ô Morts abandonnés !
Vos espoirs vous ont-ils semblé des impostures ?
Étiez-vous des martyrs ou bien des condamnés ?

Ne pensiez-vous donc pas ? « Pourvu qu'on tombe en brave,
La Mort a des splendeurs dont la Vie est l'envers ;
Depuis celui du Christ, le sang rachète et lave,
Et l'éternelle Croix domine l'Univers. »

III

Puisque l'inconsciente pluie,
Mornes pleurs du temps qui s'ennuie,
Travaille pour le moissonneur,
Le sang, le beau sang volontaire
Pourrait-il éblouir la terre,
Sans faire l'œuvre du Seigneur ?

Ce sang qui bouillonne et qui fume,
Dira-t-on qu'il est une écume
Comme celle de l'Océan ?
Dira-t-on quand l'artère éclate
Et revêt le sol d'écarlate,
Que c'est la pourpre du néant ?

On aurait peur d'un tel blasphème.
Le sang est l'Offrande suprême :
Auprès de lui, le reste est peu,
Auprès de lui, toute prière
N'est qu'une ombre de sa lumière...
Le sang porte l'esprit de Dieu !

Que sont la plume et la parole,
Ce bruit d'un insecte qui vole,
Que sont nos gestes de fourmi ?
Hélas ! même ouvrir ses mains pleines,
Donner son temps, donner ses peines,
C'est encor donner à demi.

Heureux donc qui, dans la bataille,
Se dressa de toute sa taille,
A la fois calme et frémissant ;
Qui, prêtre de son sacrifice,
Prenant son cœur comme un Calice,
Tendit vers le ciel tout son sang !

IV

C'est depuis cet immense et joyeux offertoire,
Que la terre est plus blonde et les soleils plus beaux,
Que les fleuves de France ont des noms de victoire,
    Et du miracle sur leurs eaux !

C'est depuis ce temps-là qu'en la douce Patrie,
Il semble qu'il y ait une douceur de plus,
Comme si, chaque soir et pour tout ce qui prie,
    Nos Morts sonnaient les Angelus ;

Comme si leur trépas avait tué les haines
Et tellement fondu nos anciens désaccords,
Qu'on ne puisse échapper par des colères vaines
    A la communion des Morts.

Ceux que ne borne plus leur frontière charnelle,
Héritage indivis, sont à chacun de nous ;
Pas un qui ne soit mort pour la France éternelle,
    Pas un qui ne soit mort pour tous !

Plus loin que leurs partis, leurs castes, leurs chimères,
Ils se sont rencontrés sur un dernier haut lieu,
D'où l'on n'aperçoit plus les cloisons éphémères,
    Dans le voisinage de Dieu.

C'est à cette hauteur qu'il faut savoir les suivre,
C'est de là seulement que l'on peut découvrir
Les raisons de s'aimer et les raisons de vivre,
    Parmi leurs raisons de mourir.

Leurs yeux se sont fermés, d'autres doivent éclore,
Près de l'arbre abattu poussent les arbrisseaux ;
Pour venger tant de nuit, il faut beaucoup d'aurore :
    La tombe appelle les berceaux.

Nos louanges seront d'ironiques hommages,
Si la vie est stérile aux foyers condamnés,
L'astre qui plaît aux Morts marchait devant les Mages,
    C'est l'étoile des nouveaux-nés !

V

Les Morts ont la blancheur sévère des bons anges :
Ils veillent sur la femme, ils protègent la fleur.
Le vice les verrait sangloter sur ses fanges,
Et le sale plaisir crierait de leur douleur.

Mais non ! Il ne se peut. Les Morts ont fait tant d'âme,
Que tous les chants sont purs, tous les rêves sont beaux.
Le génie altéré de lumière réclame
L'esprit clair et puissant qui souffle des tombeaux.

Le soleil batailleur qui riait dans l'épée
Deviendra le foyer des chefs-d'œuvre à venir ;
Aucun des héritiers de la grande Epopée
Ne pourra plus penser hors de son souvenir.

Plus de rythme et de contour lâche,
Plus d'à moitié ni d'à-peu-près ;
Que le verbe soit pour la tâche,
Ainsi qu'un habit fait exprès.

Malheur à ceux que la parole
Dispenserait d'être des forts !
Pauvres acteurs qui jouent un rôle,
Ils seraient sifflés par les Morts !

Ceux-ci renouèrent le pacte
Des mots et de la vérité.
Leur mort est la gloire de l'acte,
La splendeur de la volonté.

Elle ouvrira la grande phase
Des simples et des convaincus.
Elle a discrédité l'emphase
Où se complaisaient les vaincus.

Nous parlions trop des droits de l'homme,
Droits sans devoirs et sans combat,
Sans nous apercevoir, qu'en somme,
Le Droit qui s'incarne est soldat.

Il faut y croire assez pour rêver sa victoire,
Il faut l'aimer assez pour le vouloir puissant ;
Car le Droit ne sort pas du fond d'un écritoire ;
Il n'est pas couleur d'encre, il est couleur de sang.

L'exemple de nos Morts aura pu nous convaincre
Qu'on affaiblit le Droit à trop en discourir,
Il faut, pour qu'Il triomphe, avoir appris à vaincre,
Pour qu'Il ne meure pas, il faut savoir mourir.

C'est ainsi que nos Morts ont eu raison du Doute.
Peut-être, ils s'étaient dit : « A quoi bon et pourquoi ? »
Mais la Mort, qui soudain illumina leur route,
Fut le plus grand parmi tous les actes de foi.

Il montre, par delà l'égoïsme et l'envie,
Les obscurs dévouements que Dieu vient couronner ;
Nul ne prétendra plus qu'il veut vivre sa vie,
Puisque nos Morts nous ont appris à la donner.

Et si quelqu'un pensait : « La patrie est un leurre
Dont on berne le peuple au profit des plus forts »,
Il y aurait des voix dans la terre qui pleure,
Pour lui crier : « Caïn, qu'as-tu fait de tes Morts ? »

Qu'as-tu fait de tes Morts, ô jouisseur superbe ?
Ton luxe qui s'étale en nous éclaboussant,
Est un soufflet à ceux qui dorment nus sous l'herbe ;
En gaspillant ton or, tu gaspilles leur sang.

Cet or, qu'il coule avec l'ample vertu d'un fleuve,
Roulant vers le malheur la vague du bienfait,
Assistant le blessé, l'orphelin ou la veuve,
Car ce qu'on fait pour eux, c'est aux Morts qu'on le fait.

Et c'est le cœur des Morts que l'avenir regarde,
N'ont-ils pas tout souffert pour que l'on souffre moins ?
La future moisson de joie est sous leur garde :
Ils étaient des semeurs, ils seront des témoins.

Vous vous rappellerez au soir des épousailles,
Vous dont les douces nuits n'ont plus à s'alarmer,
Qu'ils ont tué la guerre à force de batailles...
C'est parce qu'ils sont morts que vous pouvez aimer.

Et vous, les frères blonds des aubes opalines
Dont les jeunes mamans n'auront plus à frémir,
Dormez, petits enfants, parmi les mousselines...
C'est parce qu'ils sont morts que vous pouvez dormir.

Plus tard ils vous diront ce que fut cette guerre,
Et les autres enfants dont on coupait les mains,
Et les autres mamans qu'on éventrait naguère,
Et tant de croix ! et tant d'exils sur les chemins !

Et la procession hâve, morne, indécise,
Ne sachant où prier, ne sachant où s'asseoir,
De ces gens sans pays, sans toit et sans église,
Dont le passé n'est plus qu'un trou sanglant et noir.

VI

Cathédrales assassinées,
Dans vos ruines calcinées,
Mais se dressant comme un remords,
Le long de vos nefs abolies,
J'entends le soir, après Complies,
La malédiction des Morts.

O malédiction féconde !
Ne cesse pas d'emplir le monde.
Que nos monuments profanés
Soient, aux assises de l'histoire,
Un éternel réquisitoire
Contre les éternels damnés !

Et vous, maisons, et vous chaumières,
Dont les images coutumières,
Ne sont qu'un cruel souvenir ;
O pauvres demeures pillées,
Pauvres pierres éparpillées !
Attendez ! Les Morts vont venir.

Par eux, nous referons la ville et le village ;
Ils fleuriront nos mains d'art immatériel,
Et nous serons pareils aux gens du moyen-âge,
Quand ils semblaient sculpter du rêve avec du ciel.

Des inspirations qu'on croyait envolées
D'un âge où trop de fer pèse sur le travail,
Vont nous restituer les flèches écroulées
Et l'orgue des couleurs jouant dans le vitrail.

Autour de chaque église où les mémoires prient,
Près du ruisseau qui chante en caressant ses bords,
Il faudra des hameaux et des vergers qui rient,
Avec des jeunes gens, pour réjouir les Morts.

Car les Morts ne sont pas que dans les pleurs des veuves,
Leur âme erre sur tout ce qui va rajeunir :
Dans le meuble en bois blanc et dans les pierres neuves,
Comme pour leur donner l'air de se souvenir.

Sur les œuvres du jour et sur les sommeils calmes
Un souffle parfumé vient des monts éternels,
Et bercé par le bruit des ailes et des palmes,
L'homme voit le Seigneur dans les cieux fraternels.

Dieu verse en souriant, aux nouvelles années,
Un peu de cette paix où sont les bienheureux,
Aux générations sur leur tombe inclinées
Un peu de la clarté sans fin qui luit pour eux.

VII

Seigneur ! puisque la France aura sauvé le monde,
Permettez qu'elle soit la grande Nation,
Nul n'a tant voué d'âme à la mort qui féconde,
Et nul n'a tant saigné pour la rédemption.

Et vous que chaque jour faits plus vivants encore,
Parmi les *Te Deum*, la prière et les fleurs,
Lorsque s'inclinera le drapeau tricolore,
On vous verra frémir, ô Morts, dans ses couleurs !

Près du sol, frangé d'or, c'est votre sang qui bouge ;
La blancheur en jaillit, tellement il est pur,
Elle évoque le ciel, et le baptême rouge
A lavé la Patrie et reconquis l'azur.

VIII

O Patrie ! O France ! O Victoire,
Vieux mots trop longtemps en sommeil,
Mais dont le son est péremptoire
Comme la diane au réveil,
Comme les cloches de l'Histoire,
Carillonnant dans le Soleil !

O mots ! où passent en rafale
Les tonnerres et les clameurs,
Amples comme une cathédrale,
Peuplés de foule et de rumeurs,
O seule force qui prévale,
Pour dire à l'homme « Tue ou meurs ! »

Tue ou meurs pour un peu de toile,
Quand cela s'appelle un drapeau,
La goutte de sang est l'étoile,
Qui jaillit du cœur sur la peau.
Et qu'est-ce que la mort ? Un voile
Sur cet autel qu'est un tombeau !

O Patrie ! O France ! O Victoire !
Total de sublimes apports,
Vous priez dans notre mémoire
Ainsi qu'un rosaire d'efforts,
Sacrements auxquels il faut croire,
Sous peine de tuer les Morts !

12 Novembre — 12 Décembre 1918.

ODE A NOTRE-DAME
DE LA MARNE

RÉCITÉE PAR L'AUTEUR AUX FÊTES COMMÉMORATIVES
DE LA VICTOIRE DE LA MARNE (5 SEPTEMBRE 1920)

A S. G. Mgr Marbeau
Evêque de Meaux.

I

O Marne, ample et joyeux ruban de France !... moire
Où dansent les frontons renversés des villas,
Marne des pêcheurs lents, des fêtes, des galas,
Des eaux vertes riant autour des périssoires...
Les blés larges, les bois, les coteaux violets
Te font un horizon de lignes raciniennes,
    Toi sur qui s'ouvrent les persiennes,
    Humbles paupières des chalets.
    O Rivière promise à des poèmes calmes,
    A des rêves sans infini ;
Miroir qui n'es pas fait pour être rembruni
    Par l'ombre un peu dure des palmes...

O Marne heureuse ! un jour tes rives ont tremblé
Sous le poids des canons et d'un peuple qui bouge ;
Et tes flots angoissés et ton sol bousculé
Devinrent, pour Paris toujours inviolé,
     Une ceinture rouge !

II

Ah ! Paris, tous ces chiens croyaient bien le tenir,
Pour broyer sous leurs crocs son cœur fait de lumière...
Nos villes et nos forts, impuissantes barrières
Croulaient. Le Dieu des Huns paraissait les bénir.
Mais, tout à coup, alors qu'ils croyaient en finir
     Il y eut... Toi ! Sainte Rivière !
     Il y eut l'auguste moment
Où tu vis le sursaut de la plus belle race.
...Tous nos petits soldats avaient fait le serment :
Plutôt que de céder un pouce à l'Allemand,
     « De se faire tuer sur place »...
Ils tombaient !... Ils tombaient face au ciel, nos poilus !
— Je pleure en évoquant l'indicible offertoire —
Mais, ils tombaient très fiers : on ne reculait plus,
Et la Marne roulait du sang... et de la gloire.
Soudain, répercuté par les collines noires,
Un mot, l'unique mot qu'on a tant attendu,
Le mot dont Dieu se sert pour créer de l'Histoire,
Bondit en rugissant, magnifique, éperdu :
« *Victoire !* » Ah ! c'était la Victoire !
Vous ne comprenez pas, vous, trop jeunes encor,
Ce qu'il faut de clairons et de cloches en or,

Ce qu'il faut de soleil entrant dans les poitrines,
    Pour clamer ce mot triomphant,
— Que l'on n'apprenait plus lorsque j'étais enfant —
Et rapporter au Ciel ses syllabes divines !

III

Il était juste et bon, ô Marne, qu'en ce lieu
    Où se brisa la vague infâme,
On put voir sur le bras de la Reine des femmes
Le geste du Dieu jeune arrêtant le vieux Dieu !
« *Tu n'iras pas plus loin !* » dit le Christ à la horde,
    Honte et haine du genre humain ;
Puis il fit signe à la Justice, d'une main,
    De l'autre à la Miséricorde...
Et la Vierge priait : « Ces enfants de l'azur
Secourez-les ! mon fils, allons à leur rescousse !
Que la Marne pour eux soit plus forte qu'un mur :
Protégez-les ! Ils sont votre France très douce,
    Bénissez-les, mon fils !
    Autour de nous, voici l'arène
    Où va succomber un pays...
Les Français sont montés sur l'effroyable plaine...
Sauvez-les ! Sauvez-les ! mon Fils ! »

IV

Il était juste et bon qu'un Evêque de France,
    Un défenseur de la Cité,
Dressât ce monument de deuil et d'espérance,
    De mort et d'immortalité (1).

---

(1) L'Évêque de Meaux doit faire édifier une statue de N.-D. de la
Marne près de la grande tombe.

Mère ! fleuris cette hécatombe
Avec tes regards de velours,
Berce-les dans la grande tombe
Au rythme cher des épis lourds,
Ceux du monde et ceux de la plèbe.
Que l'immense chant de la glèbe
Bourdonne jusqu'en leurs dortoirs.
O Notre-Dame de la Brie !
Fais de ce coin de la Patrie,
L'un de leurs plus beaux reposoirs !

Berce-les, aux souffles d'automne,
Berce surtout les inconnus,
Les pauvres morts qui n'ont personne
A prier sur leurs tertres nus...
Lorsque le vent d'hiver s'acharne,
O Notre-Dame de la Marne !
Réchauffe nos pauvres enfants.
Alors, dans la plaine sans borne,
Le souvenir semble plus morne
Et les morts plus loin des vivants !

Berce-les aux jours des vendanges
Qui pour d'autres sont savoureux ;
Berce-les quand naissent des anges
Qui ne souriront pas pour eux !
Berce-les, quand à la veillée,
Dans la maison ensommeillée
Une fermière prie encor...
Ou quand retenant son haleine,
Lente, la jeune châtelaine
Met des fleurs au portrait du mort !

O Vierge douloureuse, incarne
Tous les cœur à jamais brisés.
O Notre-Dame de la Marne !
Charge-toi de tous nos baisers,
Porte-les, dans nos insomnies,
Aux lèvres maintenant ternies,
A l'homme, au fils, au fiancé...
Berce, au nom de ceux qui demeurent,
Pour les vieilles mamans qui pleurent
Et qui ne pourront plus bercer !

V

Ah ! berce, berce, berce encore !
Mais surtout montre à l'Avenir :
Que les Morts renaîtront, et que leur souvenir
Est la vaste blancheur qui précède l'Aurore.
Dis lui, qu'on ne meurt pas lorsque l'on s'est donné,
Que l'égoïsme seul est la mort éternelle,
Et que celui qui sort de la Geôle charnelle
N'est pas un malheureux, mais un prédestiné ! ...
Pour les héros, le marbre et l'or et les cantiques !
Leur tombe est un Autel qui n'a pas d'hérétiques,
Où l'incroyant rapprend à plier les genoux.
Le Ciel plus que le sol, dans les grandes batailles,
Est le champ étoilé d'immortelles semailles...
Nos pas sont sur les morts, mais leur âme est sur nous !
Au-dessus de la plaine, à l'abri des rafales,
Plus haut que ta Tour même, ô vieille Cathédrale
Dont l'ombre maternelle a l'air de nous couvrir,
Les Morts nous font lever les yeux... Cette contrée,

Qui n'était que charmante est désormais sacrée
A cause de tous ceux qui surent y mourir...
Ah ! nous pouvons semer, creuser, bâtir des Villes,
      Vêtir nos efforts de splendeurs ;
Nos rêves sont étroits, nos œuvres sont serviles,
      Seuls, les Morts sont des créateurs !...
Un jeune soleil luit à la terre nouvelle,
      On respire un air rajeuni.
O Morts ! tout est signé de votre nom béni,
Rien n'en atténuera l'empreinte solennelle...
La mort n'est-elle pas la pensée éternelle
      Et le geste infini...

VI

Leur pensée éternelle, ah ! ce fut toi, ma France !
Et leur geste infini, ce fut ta délivrance...
      Donc, nous le jurons sur ces bords,
      Le doigt levé vers Notre-Dame,
      Nous continuerons comme alors
      De n'avoir qu'un cœur et qu'une âme
      Pour servir la France d'abord !
Nous jurons de ne pas gaspiller votre gloire,
Héros ! de n'être pas votre vivant remords ;
Nous jurons de ne pas voler votre Victoire !...
      Vous entendez !... nos Morts !

                    Ce 25 Août 1920,
                (En la Fête de Saint-Louis).

Mamers. — Imprimerie Gabriel Enault. — 1647.